AF326389

Vente du Lundi 28 Décembre 1868

MAJOLIQUES

ITALIENNES

OBJETS DE MONTRES

Guipures, etc.

EXPOSITION PUBLIQUE

Le Dimanche 27 Décembre 1868

COMMISSAIRE-PRISEUR	EXPERT
Mᵉ CHARLES PILLET	M. FEBVRE

PARIS — 1868

RENOU ET MAULDE

IMPRIMEURS DE LA COMPAGNIE DES COMMISSAIRES-PRISEURS

Rue de Rivoli, 144

CATALOGUE

DE

MAJOLIQUES

ITALIENNES

OBJETS DE MONTRES

Guipures, etc.

DONT LA VENTE AUX ENCHÈRES PUBLIQUES AURA LIEU

HOTEL DES COMMISSAIRES-PRISEURS

RUE DROUOT, 5, SALLE N° 3

Le Lundi 28 Décembre 1868

A DEUX HEURES

EXPOSITION PUBLIQUE

Le Dimanche 27 Décembre 1868, de 1 heure à 5 heures

COMMISSAIRE-PRISEUR	EXPERT
M° CHARLES PILLET	M. FEBVRE
Rue de la Grange-Batelière, 10.	Rue Saint-Georges, 11.

PARIS

RENOU & MAULDE

IMPRIMEURS DE LA COMPAGNIE DES COMMISSAIRES-PRISEURS

Rue de Rivoli, 144

1868

CONDITIONS DE LA VENTE

Elle sera faite au comptant.

Les Acquéreurs paieront CINQ POUR CENT en sus du prix d'adjudication.

L'Exposition mettant le public à même de se rendre compte de l'état des Objets, il ne sera admis aucune réclamation une fois l'adjudication prononcée.

DÉSIGNATION

FAIENCES

1 — *Gubbio*. Vase d'un très-bel émail, ayant la forme d'un oiseau de proie.

Hauteur 50 c.

2 — *Urbino*. Vase de forme cylindrique, riche décor de lis, de marguerites et de feuillages, en tons jaune, vert et blanc, sur fond lapis; sur le devant, Médaillon offrant une sainte debout, entourée d'un rayon lumineux.

Hauteur 44 c.

3 — *Urbino*. Vase sphérique, même genre de décor que le précédent; sur le devant, Médaillon de Sainte tenant une palme.

Hauteur 51 c.

4 — *Urbino*. Vase sphérique, beau décor; sur le devant, un Médaillon, buste de Femme.

Hauteur 48 c.

5 — *Castelli*. Deux très-beaux Vases ornés de personnages, sujets allégoriques de la Guerre et de la Paix, et autres sujets de l'Histoire romaine, anses à serpents enroulés et à mascarons. (*Modernes.*)

Hauteur 65 c.

6 — *Del Vecchio*. Très-jolie Corbeille décorée de palmettes en relief et d'ornements repercés à jour. Cette pièce, en émail blanc, repose sur un socle cannelé.

Hauteur 48 c.

7 — *Castelli*. Vase ovoïde, anse à jour; sur le devant, un Médaillon, sujet tiré de la Genèse, chapitre VI.

La peinture de cette pièce est comparable aux œuvres des maîtres du XVIe siècle. En bas sont les initiales de l'auteur *Pasquale-Carlo*.

Hauteur 50 c.

8 — *Castel-Durante*. Vase sphérique, orné de huit frises et d'un Médaillon représentant le buste d'une jeune Femme ayant la tête casquée; autour d'elle est une banderole sur laquelle on lit : *Camilla*.

Hauteur 37 c.

9 — *Sicile*. Deux Vases ovoïdes ornés de bandes et de trois frises, les plus grandes avec groupes de fruits.

10 — *Sicile*. Autre Vase cylindrique, même genre de décor que les précédents.

11 — *Cafaggialo.* Cornet, décor de rinceaux bleus, entourant un Médaillon représentant le buste de César et celui de sa femme, sur une banderole on lit : *Cesaro.*

12 — *Urbino.* Deux Vases ornés de palmettes et de Médaillons avec bustes de jeunes Femmes et d'Hommes.

13 — *Urbino.* Deux Vases, même genre que les précédents, ornés de médaillons : Bustes de Guerriers.

14 — *Cafaggialo.* Grand Vase cylindrique, orné de frises à enroulements, de médaillons, de trophées d'armes et d'un buste de saint Evangéliste.

15 — *Urbino.* Vase ovoïde, orné de cinq frises de rinceaux ; sur le devant, une Madeleine repentante à genoux.

16 — *Castelli.* Vase d'une forme peu ordinaire, ayant la forme d'une gourde renversée, col évasé : décor de paysages avec villageois gardant des animaux.

17 — *Cafaggialo.* Cornet orné de quatre frises de palmettes et de coquilles ; décor rare.

18 — *Cafaggialo.* Autre Cornet orné de rinceaux et d'un buste de Personnage oriental.

19 — *Urbino.* Deux grands Cornets, décor d'armures, de palmettes et de médaillons de saintes.

20 — *Urbino*. Du nº 20 au nº **24**, seront vendus cinq paires de Cornets de décors variés.

25 — *Urbino*. Du nº 25 au nº **28**, quatre paires de Cornets plus petits.

29 — *De la Perse*. Très-beau et grand Pot, décor en rouge et vert, sur fond blanc, d'imbrications et de palmettes.

30 — *Castelli*. Pot à surprise, le haut avec frise à jour surmonté d'une guirlande de fruits en relief, l'anse entourée de pampres également en relief.

31 — *Ariano*. Encrier offrant à gauche et à droite des socles avec tiroirs; au centre, un petit garçon assis tenant des fleurs et une plaque avec les initiales J. C.

32 — *De Marseille*. Jardinière à hauts pans, couvercle mobile, décor marbré, le haut orné en relief de têtes de béliers soutenant des pendentifs.

33 — *De Rouen*. Porte-Huilier, décor à la corne.

34 — *Castelli*. Beurrier, ayant la forme d'une aubergine.

35 — *De la Perse*. Pot à anse, décor de branchages et d'œillets en relief.

36 — *Castelli*. Très-belle Plaque représentant la Sainte Famille, d'après Carlo Maratti.

37 — *Castelli*. Autre Plaque : Amours et Nymphes.

38 — *Castelli*. Quatre Plaques de même grandeur, représentant des sujets bibliques ; seront divisées.

39 — *Castelli*. Autre Plaque : Sainte Rosalie, patronne de Palerme, couronnée par un ange.

40 — *Castelli*. Grand et superbe Plat avec le sujet du Triomphe d'Amphitrite, frise de Fleurs et d'Amours.

41 — *Castelli*. Grand Plat, paysage d'après les dessins de Pierre Patel.

42 — *Castelli* (Imitation de). Grand Plat avec sujet représentant les Muses, bordure à trophées d'armes.

43 — *Urbino*. Plat, décoré au centre d'un Amour, autour une frise rayonnante ; sur le bord, d'une autre frise à rinceaux et arabesques.

44 — *Savone*. Grand Plat, décor bleu, avec le sujet du Char de l'Aurore.

45 — *Hispano-Arabe*. Très-beau Plat à reflets métalliques, à ombilic saillant avec rosace ; autour deux frises de fleurs et de feuillages, quelques-uns se dessinent en bleu.

46 — *Castelli*. Plateau à bord vert festonné ; au centre, décor chinois avec Personnage donnant à manger à un perroquet.

47 — *Castelli*. Jésus apparaissant à la Madeleine; le
revers porte la signature de l'auteur
G^ne-E. Gentilli, 1716.

48 — *Castelli*. Plat avec sujet : Personnage antique
tenant un sablier, frisé d'Amours.

49 — *Castelli*. Assiette avec sujet d'après Berghem :
le Passage du gué.

50 — *Castelli*. Assiette : Amour tenant un miroir :
il est à genoux dans un paysage.

51 — *Castelli*. Plat encadré avec le sujet de Saints
adorant la Vierge et Jésus.

52 — *Castelli*. Deux autres : Scène villageoise et une
Vendange.

53 — *Savone*. Vase, décor bleu, sujet mythologique.

54 — *Savone*. Coupe ondulée, décor bleu, sujet villageois.

55 — *Gubbio*. Beau Plat à reflets métalliques or et
rubis, ombilic creux avec médaillon où se
dessine un **D**; sur le bord, frise de rinceaux et de fleurs.

56 — *Moustier*. Deux Plats, décor jaune et vert,
paysages et figures dans la manière de
Callot.

57 — *Urbino* (Imitation de). Groupe : Troubadour
jouant de la mandoline; près de lui est un
Amour.

58 — *Delvecchio.* Deux Flambeaux, émaux blancs ;
Cariatides supportant les lumières.

59 — *Castelli.* Tasse et son présentoir, décor de
figures allégoriques et sujet villageois.

60 — *Castelli.* Deux Tasses à anse ; sur les tasses,
Amours dans des paysages ; sur les sou-
coupes, des sujets.

61 — *Castelli.* Deux autres paysages et Chasseurs
endormis.

62 — *Castelli.* Autre Tasse décorée d'Amours tenant
des fleurs ou des armoiries.

63 — *Urbino* (Imitation d'). Deux Consoles appliques :
Amours en rond-bosse supportant les
appuis.

64 — *Faenza.* Bénitier orné de têtes de Chérubins
et d'Anges en relief couronnant la Vierge.

65 — *De la Perse.* Du n° 65 au n° 68, seront vendus
quatre Plats de décors divers.

69 — Très-beau Poêle allemand, d'après les dessins
de Dieterlingh, de soixante et onze pièces,
trois lions supports, trois pilastres avec
figures et fleurs, six autres creux marbrés,
trois petits, six colonnettes, douze grandes
plaques en relief et à jour, cinq plaques
rondes, cinq ovales, vingt-huit autres pièces,
mascarons, fruits et figures, plus des frises.

OBJETS DIVERS

70 — Deux Flambeaux, partie en faïence de Delft, partie en bois sculpté.

71 — Deux petites Statuettes en porcelaine allemande ; petite Jardinière et Joueur de cornemuse.

72 — Deux Supports en fer forgé.

73 — Console en fer forgé, ornements rocaille.

74 — Jardinière en bois sculpté et doré, ornements en relief avec palmettes et mascarons (travail italien).

75 — Deux Plats en étain avec sujets, genre de Briot.

76 — Deux Appliques en cuivre, époque Louis XIV.

77 — Très-jolie Montre de l'époque de Louis XV, orné d'un sujet représentant un Concert ; mouvement à répétition.

78 — Petit Nécessaire Louis XV en argent, orné de plaques en jaspe sanguin.

79 — Deux Médaillons de fleurs en émaux de l'époque de Louis XIII.

80 — Deux Salières Louis XVI en argent ciselé.

81 — Bracelet en argent formé par quatre médaillons en mosaïque de Rome.

82 — Montre moderne de femme, or.

83 — Broche en jargons, orné d'un médaillon en émail : jeune Femme dans un paysage.

84 — Flacon Louis XV en argent.

85 — Boucles d'oreilles, monture argent avec pierres.

86 — Deux Agrafes en marcassite, montures argent.

87 — Petite Bague or avec rose.

88 — Broche or, avec le portrait en émail d'un Prince allemand.

89 — Deux Boutons de poignets en émail et marcassite.

90 — Trois paires de Boucles d'oreilles en argent et émail.

GUIPURES

91 — Sous ce numéro seront vendus plusieurs guipures italiennes, couvre-lit, tapis de table, coussins et aunages pour ameublement.

92 — Sous ce numéro quelques pièces non cataloguées.

Renou et Maulde, imprimeurs de la Compagnie des Commissaires-Priseurs, rue de Rivoli, 144.   20322

RED.:

17

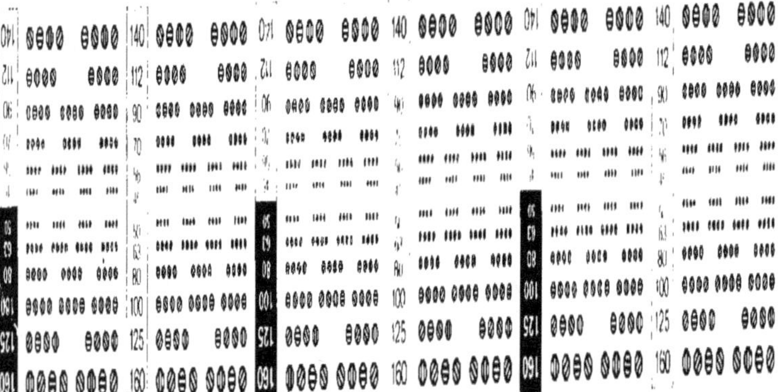

MIRE ISO N° 1
NF Z 43-007
AFNOR
Cedex 7 - 92080 PARIS-LA-DÉFENSE

3793.89.70
graphicom

BIBLIOTHEQUE NATIONALE DE FRANCE

****

CHATEAU DE SABLE

1995